KB130807

청어詩人選 173

이상한 산골

이용우 시집

청어

시인의 말

이른 아침에 날아온 때까치 참 오랜만이다.

네가 떠날 때 텅 빈 공간에 홀로 남은 나에게 쓸쓸한 빈 시간이 찾아올 때는 꿈 하나씩 그려보라며 메모지를 남겼지.

네가 없는 어둠 속에는 아무것도 채울 수 없는 한숨소리와 불면의 밤이 춤을 추고, 밀물을 안고 들어온 바람은 또다시 썰물이 되어 텅 빈 가슴을 빠져나갈 때, 들리지 않는 함성이 천둥으로 변할 때마다 네가 준 메모지로 두 귀를 꽉꽉 막았단다.

현명함의 부재로 막아보는 메모지는 모두 공명空名만 날리고 책갈피에 수놓는 꿈 하나가 이토록 힘들 줄은 도시를 떠도는 낮달이 되어서야 밤이 주는 조용한 선물의 귀함을 알았다.

식은 화롯불에서 쉽사리 시의 마음을 구워내는 불씨는 어디에 있을까? 내 마음은 언제나 몇 권 없는 변두리 책방, 새로이 한 권을 더 꽂아 보려는 욕망은 화려하지만 아무리 생각해도 티 없이 고운 노래가 들리지 않을 것 같아 자신에게 너무 미안함이 들지만,

붉은 갈색머리로 치장한 때까치가 오랜만에 찾아와 지저귀며 노래를 불러주고 감나무의 감또개 너무 많은 박수를 치다가 하얗게 웃으며 떨어지는 한 나절이다.

이용우

차례

3부 소리 없는 함성

4부 아무리 눈을 비빈다한들 마음속이 잘 보이겠느냐

1부

누가 부르는 소리에 뒤를 돌아보니

눈으로 보임은 허공이며,
가슴의 바람은 무언이라
텅 빈 허공과 무언에 서면
내 마음이 보일까

귀의

온 산을 헤매다가
땀에 찌든 낡은 윗도리
관음사 대웅전 앞
보리수나무에 걸었다

밝은 햇빛은
구름 속에 가려지고
빈 공양그릇에 뚝 떨어지는
빗방울
말들이 많았던 가슴은
나를 잊고
찾던 연민도 사라지면
귓전에 들리는 소리

나뭇잎 물고 온 바람결에
고개 돌리니
사미승이 내 옷 걸치고
법당에 앉아있다

나我

조상님 대대로 깊은 잠들지 못하시고
수천 년 동안 심혈을 기울여
만들어내신 작품

달덩이 한 조각 떼어 넣고
초록별 하나 풀어 넣어
열정적인 태양보다 빛나게 만드셨는데
현실을 넘는 창조에 게을러
평온함을 손짓하는 흰 구름과 놀다가
헐값에 팔렸다

팔린 몸은 다른 살을 섞으려고
떨리는 손으로 허리를 움켜쥐며
비참하게 끌려가는데
후회가 생길 때는 이미 성숙이 아닌
부서진 난파선
그 조각 맞추려고 애를 쓴다

누가 부르는데

"어딜 가느냐"고
어깨를 짚으며 묻기에
돌아보니 아무도 없는 빈 골목이다

주춤거리는 발목은
매달린 그림자를 세우고
구둣발은 거꾸로 찍힌 얼굴을 지운다

간간히 부르는 소리에
가다 서다를 반복하다가
흐린 날에는 묶인 그림자조차 잃었다

네가 부르는 소리가 아닌
내가 날 찾는 소린 줄 알았을 때는
이미 먼 골목에 서있다

가을 산

변두리 산이라
봄부터 옷 한 벌밖에 없었는데
양평 난전에 갔다가
큰 맘 먹고 가을 옷 한 벌 샀다

태어날 때 얻어 입은
푸른 옷 한 벌로 족할 줄 알았는데
사계절을 살다보니
그게 아니야

운길산 돌아가는 전철 안에는
산객들의 소란스런 패션
누렇게 익어가는 밭두렁에는
들꽃들의 간 큰 치장

비싼 옷 한 벌 더 준다는
흰 구름에게 속아
수종사 대웅전까지 갔는데
사미승이 입던 헌 옷만 주더라

끈

당겨도 느슨한 기다란 끄나풀
끝자락에는
누가 붙잡고 있을까

무관심에 나뭇잎은 뜰 안을 덮고
원으로만 알았지
직선인 줄 몰랐던 시간들

길이를 망각한 맹목의 세월
끌려감을 인지하는 어느 밤중에
버텨보는 발꿈치

해는 끄나풀에 당기어
빠르게 바다 속으로 빠져드는데
노을 한 점 외롭다

시간

길목을 차단하여
발목을 붙잡아 올가미로 묶어놓으면
정지된다는 비밀을 엿 들었다

사실상 초침은 선택적인 것이 아니라
신경 쓸 일도 아니지만
게으른 탓에 언제나 놓치고 말지

직선을 피해 원만 그리다가
송년에 취한 척하며 새해에 들어오면
꽁꽁 얼려버리자

탐험되지 않는 끝없는 미지의 세계로
녹았다 얼리는 냉동인간은
끌려가는 줄 모른다, 아직도.

나를 보았다

세상 끝이 맞닿은
이상한 마을에 가면
나와 똑 같은 사람이 산다고
누가 귀 띰 해주었다
사는 장소만 다른 뿐이지
똑같은 옷을 입고
똑 같은 말과
똑 같은 행동을 하며
산다는 것이다
세상사는 방법이나 달리하지
불쌍한 모습 상상하니
연민의 정이 왈칵 솟아오른다
흐린 거울 앞에서
말없이 나를 쳐다보는 얼굴
내 손 한번 잡고
쓸쓸히 웃으며 되돌아가는
나의 뒷모습

목소리

누가 부르는 소리에
창문을 열고
와글대는 빗소리를 헤집으며
가로등 불빛을 뒤적인다
밤비에 젖은 이름표가 떨어져
빛을 비춰 봐도
알만한 얼굴은 보이지 않아
젖은 옷을 벗겨낸다
남의 옷을 걸치고
타인으로 살면서 춤을 춰야하는
그림자 없는 공연장에는
바람만 자리한 객석
막이 내리고
조명은 체념의 눈을 감으면
무대 뒤에 흐느낌은
내 안의 절규

장마

더위에 지친 참수리 날자
시공을 잘못 계산한 서툰 여름비
성급한 장마로 변한다

착각을 일으킨 우주비밀을
조물주와 자연의 논쟁을 훔쳐보던
눈치 없는 검은 구름은
자꾸만 큰비를 쏟아 붓고
철철 넘치는 도랑물은
닭백숙을 물고 피하는 인간들에게
무한의 욕망을 주는 한편
번개는 원죄를 문초한다

빗소리를 가르며 들리는 목소리
"많이들 먹고 가"
흠뻑 젖은 수리산 신선
바위에 앉았다가 일어선다

울 수 없는 새

집에서는 울지 못하고
길거리에도 차마 울 수가 없어
숲으로 날아왔다
모가지를 길게 빼고 홰를 치며
큰 소리로 외쳤다

끓어오르는 목청으로
막혔던 울분을 왈칵 쏟아내며
울리는 함성은
허공을 올라 하늘을 출렁이는데
숲의 숨소리 조용하다

당초부터 울지 못하는 새는
귀마저 막힌 줄 몰라
혼자만 들리는 처절한 목소리로
하루 종일 통곡한다

길

아무도 보이지 않는
숲속을 걷다가
불현 듯 들키고 싶다는 생각에
길로 고개를 내밀었다

당초에는 너를 생각할
기억의 공간이 하나도 없었는데
발자국을 따라 가다보니
너를 만났지

네가 내게 억지로 약속했던
기막힌 사연은
옷을 벗기지 않은 채 끌고 가면서
깊은 잠을 재우는 것

잠은 또 다른 인생의 관문
엉겁결에 상실한 기억은
이데아로 건너올 때
레테의 강에 빠트렸을 거야

구름의 자유

하룻밤을 자고나더니
그냥 떠나자며 헝클어진 머리채를
주섬주섬 챙겨 넣고
문짝 없는 대문을 나선다

뒷짐 진 걸음걸이에
한 번도 본적이 없는 본모습을 감추려고
아무리 갈증이 나도
젖으면 안 되는 비를 외면하다

심심한 바람을 불러
오늘은 화려한 공작새가 되어
잘 다듬어진 깃털을 마음껏 흩날려도
아무도 말리지 않는 자유

맨발로 종일 돌아다니지만
헛발을 딛지도 않고
천둥이 쳐도 놀라지 않는 흰옷을 입고
유유히 거닌다

이상한 산사

산사 입구
마이크를 잡고 벙긋 웃으며
톰 존스의 Deliah를 부르는 스님
돈 통을 앞에 놓고서

법당 문 굳게 잠그고
경내에 들어선 무수히 많은 행사들
가을맞이 체험이란다
돈은 미리 내고서

새 옷을 차려입고
불국을 향해오는 수많은 단풍들
찾는 부처는 보이지 않고
입이 큰 불전함만

산속을 쓸쓸히 거닐고 있는
법당을 나선 부처님
속세로 가려는 계곡물 불러놓고
웬 종일 달래는 소리

여행길

어디쯤 왔을까
미리 도착지를 정하지 않아
여기가 어딘지 잘 몰라
길을 잃은 날
누가 곧장 이 길로 가라기에
왜 가는지도 모르고
남들이 가니 그냥 따라왔다
어느 정도 온 것 같은데
숨은 차지 않으나
흐려도 해가 떠 있으니
아직은 조금 더 남았나 보다
이 여행길은 따지고 보면
괜찮은 길인 것 같다
부모라는 좋은 분들도 만났고
자식이라는 예쁜 아이들과도
친하게 놀았다
한 평생 사귄 집사람은
어제 동해 남해 서해바다로
여행을 떠났고
나는 오늘 아침 산으로 왔다

내 자리

나침판을 잃었나
어디로 갈지 몰라 갈 길 못 찾고
여기저기로 방황 한다

태생이 이렇다면 원망은 않겠지만
아무리 생각해 봐도
당초에 길을 잘못 들어섰나 보다
뜨내기 역술쟁이들
단합을 했나 돈은 안 받으면서
눈동자만 보고 비범한 사람이라 한다
하필이면 왜 눈동자에 찍혔나
온몸 잘 찍혀서 출세 한번 하지 않고
왜 거기 서있나

임금님 팔자 타고난 거지
삼동추위 양지 쪽에서 얼어 죽을 때

"짐이 승하하노라"

신문가판대

312호 새벽 법정
배심원들이 내리는 눈총의 선고

밤이 파놓은 함정에 쫓기다가
막다른 골목의 아우성
피를 흘리며 도망치다 쓰러진다
무슨 일일까
밤새 아무도 몰랐다
경찰서로 압송되어 횡설수설
조사관의 매서운 눈초리
또박또박 진술서에 전부 잡아낸다
문선반에서 자백하고
윤전실에 들러 사진 찍고 나오면
재판장으로 신속한 이동이다

강남 고속버스 터미널
312번 버스정류장
도시를 지키는 길거리 판결문

매미소리

사계절 내내 울어대는
악보 없는 주관적 멜로디

획일적 소나타로
달팽이 교향악단의 연주다

무더운 날에서
흐린 날에도, 한 밤중까지도

맴…

아무리 귀를 막아도
나만 들리는 자각적 음률

차폐 없는 교향곡

동전 꽃(산삼)

염불하다 공양그릇에 눈 돌리면
무색의 바람 곱게 피워낸 연꽃 사라지고
붉게 칠한 왼쪽 손톱 감추면
법당 문 닫는 오른쪽 손가락 저려온다

“얼마짜리예요?”
“스님은 이것이 돈으로 보이세요?”
“나는 산에서 자라는 한 포기 풀로 밖에 안보입니다”

푸른 하늘에 걸린 텅 빈 주머니 속
스님은 동전 꽃…
나는 풀꽃…

바위에 앉았던 흰 구름 슬며시 일어서다

개미귀신

분처럼 고운 모래로
기막히게 멋진 별장을 만들어
손님을 기다린다

상권은 좋은 장소이나
저돌적 호객 성을 모르는 숙맥은
모래 속에 웅크리고만 있다

미끼로 내 놓은 한 쪽 다리
햇볕에 검게 탄 수동적 버팀은
주린 창자를 움켜쥔다

떨어지는 빗방울에
자꾸만 허물어져가는 모래별장
며칠째 굶지만 버틴다

덫에 걸려들 때까지

빛을 찾아서

빈 그릇에 흐르는 빛을
담으려고 기슭을 오르는 한나절
골마다 뒤적이는
붉은 눈동자는 과녁을 조준하고
가쁜 숨은 몸보다 앞서
오욕이 묻은 발자국을 숨기는데
숲은 그냥 보기만 한다

자만했던 육신은
자연의 허락을 받아내기에는
이미 무의미해졌지만
뜨거운 바람만 트림하는 한나절
억지로 꿰맞추려는 오엽(蔘)
애당초 깊이를 외면한 그릇이라
담을 수가 없다

폭설

젖은 무게를 견디기 힘들어
빛바랜 하늘을 쩌억 갈라
와르르 쏟아지며 곤두박질치는
영혼들의 광란

멈출 수 없는 몸부림은
무수한 고뇌의 형태로 난무하지만
한 치의 부딪침도 없는 몸짓은
새롭게 나고 싶은 춤사위

살 점 하나에 영혼 하나 새겨
순백의 흰 불 밝혀
전생이 하늘이라 더 오를 수 없어
아래로만 추락한다

한 번만의 나들이를 허락하는
소리 없는 긴 여정
산야에 내려앉은 하얀 행렬의
마지막 종점은 어디일까

꿈을 꾸면서

누대난간을 두 팔로 잡고 공중을 오른다
숨이 빠저나간 몸통에는
낯모를 솔바람이 자리를 차지하고
마음은 흰 배를 타고 무한대천을 향한다

살아온 날만큼 높이는 날지 못한다 해도
이제야 내가 해야 하는 일은
스스로 나를 가둬놓은 우리를 치우며
마음이 열 받지 않게 하는 일이다

저녁 무렵 사랑 한 줌 쥐고 돌아와
모르는 길목의 나그네가 되지 않으려는데
끝내 마음 한 자락에는
지우지 못하고 울어야하는 어떤 한恨

잡았던 난간을 놓고 돌아오는 길에
우연히 초리골 숲속에서 만난
이마에 혹 난 사람이 수술비를 달라 기에
누군지도 모르고 지갑을 건넸다

영안실

너무 세게 묶지마
가슴이 답답해서 숨 막혀 미치겠어
갈 시간이 다 됐는데
왜 들 자꾸 울고 그러니
어제 저녁 일찍 와서
손뼉이나 한 번 마주 쳤더라면
감은 눈이 번쩍 휘둥그레졌을 텐데
괜히들 이러지마

거기가 어떻냐구?
것 봐, 이것도 너를 위한 질문만 하잖아
허나, 나도 어떤데 인지는 잘 몰라
그러나 확실한 것은
내 맘대로 되는 데는 아닌 것 같아
웃음소리 비명소리 들리는데
아직은 나를 빤히 노려보고만 있어
앞에 놓인 거울에 다 보이나봐

나들이

그림자를 잃어버려
전생에 감춰놓았다는 곳으로
찾으려 나섰다

하루를 배낭에 담아
가파른 감악산 계곡을 올라
흰 구름과 함께
신선이 논다는'까치봉'까지

해 가린 빈 날에
그림자 잃은
무수한 발자국들의 한숨소리
모두 이곳에 숨겼나

해탈한 솔바람 앞세워
은은히 골을 오르는
법륜사 염불소리

"이놈아!
찾는 그림자가 바로 네놈이야"

발바닥

태어날 때 늦게 나온 죄로
머리가 시키는 대로
기다란 몸통을 힘겹게 짊어지고
가자는 대로 가야한다
신발을 신거나
땀에 젖은 양말을 벗을 때나
친구와 함께 맘껏 춤을 추고 싶어도
마음대로 할 수 없다
오르막길을 걷는데
몸통은 숨이 차다며 헉헉거리고
이마에 땀방울이 맺힌 이유도
게으른 발바닥 탓 이란다
잠은 쏟아지는데
뒤척이는 몸부림에 꿈은 조각나고
굳은살만 깨물며 지새야하는
밤마다 뜬눈이다

2부

숲에서 바라보는 마음의 소리

인간은 입을 여는 순간
혀 바닥은 못 믿어
아름답다는 말도 뱉는 순간
쓸모없는 말이야

교각

홍제천을 따라
길게 드러누운 내부순환도로
그 허리 젖을까봐
우르르 몰려들어 힘껏 들어올렸다

발을 물속에 담그고
허리에 힘을 주어 꼿꼿하게 세우며
양팔을 들어올려
어깨에 메고 버티고 서있다

고통을 참다못해
장출張出형으로 변한 몸은 굳어지고
거더로부터 받는 하중은
다리가 후들거리도록 저려온다

화려한 박수는 아스팔트가 차지하고
어깨 죽지가 탈골되어
검은 피가 흥건히 괴어 흘러도
관심 갖는 이 하나 없다

깨진 난분

힘이 세다는 사실 하나만으로
세차게 밀치는 바람 때문에
맥없이 넘어진 난분

향기는 허공으로 사라지고
작은 돌에 힘들게 얽혀 굽어진 뿌리는
벌거벗은 채로
별거 아닌 비밀까지 드러냈다

꼭 한번 만이라도
곧은 채로 편히 뻗고 싶은 뿌리의 소망
관심 받는 데 하나 없어도
묵묵히 살아온 세상

고즈넉한 향기 한 올 피우기 위해
깨진 분 조각 하나 끌어당겨
웅크린 채 일어선다

폭염

용광로에 펄펄 끓는 쇠 물을
주조에 쏟아 부으면
뻘겋게 몸부림치다가 웅크린다

대장장이의
콸콸거리는 심장의 율동으로
갈고, 닦아, 굳혀서
연신 담금질하면서 푹 익혀낸
붉은 줄기 잎사귀 위에

벌겋게 익어 떡 벌어진
태양 한 조각 덥석 물어 얹은
눈 없는 불새가
뜨거운 입김을 푹푹 토해내는
대낮에 핀 열꽃이다

빈 둥지

심심해진 햇살이
봉창으로 들어와 슬쩍 둘러본다
아무도 없네

없다는 사실은
구름 속에서 본 네가 더 잘 알잖아
떠난 지가 언젠데

적막은 빈 몸을 더듬으며
빠드득빠드득 뼈를 갉아먹는 소리
밤새도록 이어지고

성치 못한 몸으로
혹여나? 문고리를 당기는데 그만
돌쩌귀 빠지는 소리

뚝!

빨간 넥타이

사람냄새 풍기는 시장바닥에
빨간 넥타이를 맨 일수쟁이가 나타나면
상인들은 벌벌 떠는 시간이다
쌀가게 아주머니가
허리가 아파서 병원에 입원하자
일수 돈을 못 받아 화가 난 빨간 넥타이는
병원까지 쫓아가 윽박질이다
병실에 누운 아주머니는
며칠만 더 기다려 달라고 매달렸지만
온갖 호통을 지르고
미친 듯이 화를 내다가 쿵쿵 돌아갔다
아주머니는 너무 창피하고 야속해서
바닥에 주저앉아 울었다
퇴원 수속을 하려 했더니 누가 벌써냈단다
누구냐고 물으니 빨간 넥타이를 맨
험상궂은 아저씨라고 한다
아주머니는 또 다시 복도에 앉아 울었다
빨간 넥타이의 거만한 호통소리는
오늘도 떠들썩한 시장바닥을 거침없이
휩쓸고 다닌다

밤

밝은 곳에서 어둠속으로 걸어가다가
저승의 강변에 도착하면
또 다른 생명의 세계로 탈출 할 수 있는
이상한 비밀의 열쇠를 준다

눈치가 있든 없던가를 구분하지 않고
살려는 의지가 있는 자에게만 허락하는
강물을 마시기 전에
고요한 밤에만 잠시 열리는 문이다

상상력은 극한 현실을 초월하고
갖고 싶은 목숨을 달라고 우기는 것이
설사 치욕의 밤이라 처도
발버둥을 치며 훔쳐서 도망치자

눈 뜰 수 있는 아침이 오면
오장육부에 단물이 다 빠져 흘렀어도
어둠은 그렇게 후련했고
아팠던 마음을 새로이 보듬는다

흐린 날에는

살다가보면 가끔은
밝음보다 어둠이 필요할 때가 있기에
슬쩍 어설픈 해를 가렸다
너무 흐리면 안 돼
우리 뒤를 따르는 그림자만 모르도록
알맞은 바람을 피워
하늘에 숨은 별을 훔치려가자
망설이지마
한 꺼풀만 벗겨내면
햇살이야 얼마든지 내릴 수 있지만
커튼을 내리는 날에는
당신이 앙큼한 고양이로 변신하겠다는
약속을 했잖아
흐린 날에도
우리의 사랑을 만끽할 수 있다는 것은
아무것도 걸치지 않는
구름 속에 태양이 빛나기 때문이야

세상사는 법

우편물을 받아 보니
첫 사랑을 빼앗겼다는 이유로
참 사랑을 외면하고
보는 대로 마구잡이 사랑을 했기에
여기서는 어떠한 사랑도 금지시켰으며
더는 뒤를 봐 줄 수 없다는
마지막 계고장이다

평생 계곡물만 먹다보니
등이 푸른 갈색이 된 작은 피라미는
영혼과 마음을 따지는 세상은
항상 똑같지 않다는 사실을 눈치 채고
일찌감치 바위에 앉아
커다란 고래가 되려는 꿈을 꾸면서
스스로 계곡의 주인공이 된다

가래떡

나보다 한살 더 많은 봉달이
맨날 자기가 형이라고 자랑하는데
얄미워 죽겠다

내일 모래가 설이라
봉달이는 또 한살 먹는데

어떻게 봉달이보다 더 먹을 수 있을까

떡 방앗간을 지나다보니
"한살 더 먹는 가래떡 사세요"
가슴이 벌렁 춤을 춘다

"엄마 빨리 떡국 끓여줘요"
두 그릇 먹고 볼록한 배꼽보이며

"봉달아 이제 내가 너 형이다"

아픈 사람들

마음이 아파 약국에 들러
증세를 말하니 바르는 약을 준다

몸속 어디쯤인지 몰라
사방에 헐은 구멍을 몽땅 끄집어내어
듬뿍 처발랐지만
아무래도 소용이 없다

빛이 굴절되는 이상한 여의도에서는
복용약이 없으므로
고객과의 약속한 약은
금배지를 단 후에 처방해주겠다면서
능글맞은 악수만 청한다

속마음이 아픈 사람들은
의사당 약국에 가면
피부에 바르는 약만 집어준단다

뒤주 간

합각지붕 안 쓰고 석축기단 참판 댁은 아니지만
가난한 초가집에 주물러 만든 흙벽이다

옥수수 꽁지 벽에 매달리고
소금단지 안에는 작년에 누운 굴비 아직 잠자는데
보리쌀은 저녁때가 된 걸 안다

가을 완두콩 심심히 구르고
기다리다 지쳐 잠든 감자는 군데군데 눈 틔우는데
오늘 나갈 순서는 밀가루

복잡한 세상에서 우리는 타인 선택권으로 살지만
질서에 순응이 잘된 작은 혁명은
내가 사는 이 세상이다

저녁노을

서점에 가면 늙어 죽지 않는 책이 있을까
하루 종일 뒤져봐도 없네
변두리 책방인가 봐

강의를 들으면 병들지 않는 방법을 알려줄까
웬 종일 들어도 그런 말이 없네
엉터리 강사인가 봐

바람은 흰 구름 속에 숨었다가
저녁에 살짝 내려와서는
입 다문 귓속말로 인생초로면 충분하다란다

종일 걷던 붉은 해는 하얀 달로 변하고
밤낮이 같은 추분이 걸어오면
저 담쟁이 푸를까 누를까

낮달

며칠을 못 참아
둥근달 마다하고
민낯으로 양재골에 내려왔다

매화 아직 잠자는데
할 일없는 찬바람 따라다니며
개구리 나왔나 살펴본다

뒤늦은 후회
사라진 반쪽 맞추려 애쓰지만
대낮이라 할 수 없다

조금만 더 참자
초록별 희롱하는 보름달 되어
만물을 비출 때까지

도시의 사냥꾼

어둑한 새벽
구식 사냥총을 메고
대문을 나섰다

큰짐승을 잡으려고
우거진 숲을 헤쳐가면서
두리번거린다

오늘도 허탕인가
해는 중천에 떠올랐는데
허기가 밀려온다

새들도 둥지로 날아가고
맥 빠진 걸음
집으로 돌아오다가

"복권 한 장주이소"

지하철

시간 여행자들이
현재에서 미래로 순간 이동할 때
이용하는 우주 블랙 홀

두 개의 웜홀로 연결 된
초 공간 터널은
새로운 꿈을 이어주는 양방 통행로

빛이 휘면서 따라 와도
시 공간을 초월하여 미래로 향하는
신형 타임머신

마포구청역에서 불광역으로
이어진 지하 블랙홀
순간 이동하는 메트로 No 6.

삭정이

새가 날아오르자
삭정이
뚝!

억지로
살아 있는 척 매달린
힘든 시간들

아무도
내려다보지 않는 바닥
너무 편하다

뿌지직!

밟고 지나가는
짐승들

인사동 골목

좁은 골목길
고개 내 밀어 기웃하는
바람 한 점

주점에 들어
찌그러진 주전자 기울이며
막걸리 한 사발
김치 한 조각

공예, 필방…
돌아
귀천이 살던 찻집 뜨락에서
시 하나 줍고

군밤 한 봉지
따스한 추억담아 담아
걷는 미로

가로수의 봄

막 살지 않았는데도
막되게 취급받는 몸뚱어리

물 한 모금 주지 않는
야박한 사람들
아까운 건 절대로 안주지

이젠 정말로 가고 싶어
희망을 찾아 멀리 떠나려면
묶인 다리를 잘라야해

허지만 잊지 않고
해마다 찾아오는 그를 위해
외발로 버티며
새로운 싹을 가만히 틔운다

가슴속에 맺힌 눈물은
빗물로 생각하며…

외등

부부지간에 살아가면서
싸움질 한 번 제대로 하지 않는다면
무슨 재미로 살까

월급날에 심은
밤새도록 잘 자라는 집사람 신경 줄로
빌린 돈 이자 꽁꽁 묶으면
한 달 용돈 다투다가
냉골은 뜨거워져
방바닥을 맴돌다 마루로 솟구치고
천둥번개를 동반한
마른장마 패악질 퍼부으면

외진 하수도에서
콜라 한 상자 껴안고
울컥울컥 토하는 열두 병 설움을
가만히 다독이는 외등

한해를 보내며

멈춘 시간은 텅 빈 공간으로
나를 끌어내어
잘못 살아온 죄를 따지는
바람과 구름을 불러 심판하는
배심원의 판결이다

무능한 탓은
육신을 잘못 바꿔 입은
전생의 탓이라고
어설프게 항변하다가
내년에도 살아온 대로 살라는
중형선고에

새해에도 똑 같은 옷을 입고
오래 산다는
명주실 한 타래 목에 감는
2019번 죄수가 된다

인명부

입국심사대 앞에 서자마자
내 인명부에서
가장 중요치 않다고 생각했던
고교동창과 마주쳤다

별로 말을 통한 사이도 아니며
동창회 모임 때도
옆자리에 앉는 것조차
탐탁찮게 생각했을 정도다

번뜩이는 그의 눈빛에
여지없이 포착된 가방의 안쪽
움직이는 손길은
그냥 옆으로 지나친다

걸음을 멈추고
고개를 돌려 바라보는데
인명부에서 제외된 내 친구의
여전히 내색 없는 모습

여로

아직도 갈 길이 닿지 않았나요?
아무렇게나 떠나온 길
손 씻고 다 왔구나 편히 생각했었는데
끝이 닿지 않았나요?

흰 옷 입은 사람이 찾아오더니
두 배의 길을 다시 늘려
이승에서 지은 죄와 저승에서 떠안은 빚을
갚기 전에는 못 보낸 대요
돈 좀 찔러주고 샛길로 빠지려는데
원주 어느 산골별장 뒷골목에서
우연히 고위공무원 성 접대 구경하다가
재수 없이 돈 준 게 탄로나
애매하게 나까지 못 간데요

복잡한 세월에서는
여러 가지 색깔의 붓을 들고 칠하는
분주한 산바람이 잠시 한눈 파는 사이에
눈치 보며 얼른 가세요

완명

풀 속에는 독사 한 마리 살며
철썩이는 계곡물에 목욕을 할 때
이 모두를 삶이라 했지
야국 피는 밤은 서럽게 목 놓아 울고
잠 못 드는 장한에 휘감겨
어기적거리며 어깨를 툭 쳐도 괜찮아
이 모두를 마음이라 했던가
글자 속에 숨어있는 알 수 없는 사물과
마음을 적셔 만든 이상한 글귀는
서로 잡객이라 하지만
누가 물을 때는 귀객도 된다고 하더라
아무나 붙잡고 천리 길 따라가나
외유강산하려고 방문 닫거나
칠성판 짊어진들 무슨 상관이랴
몸뚱어리 저당 잡혀 받는 하루품삯
쓴 소주 한잔 마시며 애걸해도
목에 걸린 질긴 명 한 줄도 못 팔고
터벅터벅 집으로 돌아왔다

레일

너무 가늘고 긴 다리
걷기 힘들어서
길 한복판을 가로질러 쭉 뻗고 누워있다

깜빡 졸았었나

해살에 그을리다 못해 등허리에 길게 난
하얀 흉터는 화상 입은 자국

많은 열차들이 밟고 다녀서
상처는 덧나고 뾰쪽한 자갈에 꾹꾹 찔러
아스라지는 뼈마디

밤새 뒤척이다 잠 못 들었지만
그리운 고향을 찾아가는 사람들 때문에

다시 누웠다

꿈

대문을 소리 없이 열고
방으로 들어와 내 팔에 조용히
안겨 눕는다

풀 맥인 치맛자락이
밤바람에 젖어 사근거리는 내음은
안 봐도 다 안다

기다렸지
숨겨 비밀로 하는 것이 아닌데도
가슴으로만 기다렸지

길을 잘못 들어섰나
아니야
우리는 밤에만 놀다가 가는
꿈에서 만나는 사이

3부

소리 없는 함성

잠들지 못한 날들도
모두가 꿈인 것을
새가 되어 노래 부르는 날엔
더 없이 맑은 꿈이지

사랑

헤어질 만큼
사랑하지 않아
가볍게 난
상처

긁힌 가슴에
일회용 반창고 하나
붙였는데

베어나는
피
한 방울
너무 빨갛다

연민

꿈이 한 뼘 모자라
단청 홑이불 한 자락 들쳐진 방에
웅그린 빈 가슴

흐르는 촛농을
혼자 주워 담을 수 없어
창문으로 알만한 누구를 기다리는
새벽

가슴팍 쪼개어
터질 듯한 심장 움켜 떼어
다시는 오지 않을 마지막 당신 가슴에
깊게 심고 싶은데

저만치
꿈으로 향하는 영원한 사랑이라며
기어이 손만 내민다

비는 내리는데

어디에요?
당신과 함께했던 비 내리는 바닷가에서
그냥 불러봅니다

낯익은 해풍을 만나
울리기 적당한 빗속으로 끌어들여
오시지 않을 줄 뻔히 알면서
들뜬 마음으로 당신의 안부 물어보았지만
쓸쓸한 빗방울만 보내셨군요

이 길을 곧장 내려가면
가슴을 뛰게 했다가 멈춘 작은이야기들
별이 빛나는 백사장에서
두려울 만큼이나 당당했던 우리사랑은
썰물처럼 쓸쓸히 빠져나갑니다

빗소리에 추억을 맡기고 돌아설 때
잊지 못할 목소리

"우리 조금만 더 있다가 가요."

전봇대와 참새

너는 나이가 너무 어리고
나는 훨씬 더 많아서
사랑을 하려고 마음을 다짐해도
차이를 무시할 수 없잖아
불편한 다리 때문에
언젠가부터 외발로 살아도
불행한 것을 몰랐던 세월이지만
사랑은 언제나 설렘이지
너를 지금 당장 보낸다면
별 볼 일없는 내게
찾아올 사람 아무도 없을 텐데
누구와 함께 긴 밤을 보낼까
날마다 팔을 활짝 벌리고도
꽉 안지 못하는 이유는
보내는 것이 죽기보다 어려운
이별이 소중하기 때문이야

가로수의 사랑

한겨울 거리에서
추위에 떨며 맥없이 서있는 모습
천박해보이지 않으려고
고개를 똑바로 들고 외발로 섰다

밤낮으로 나를 표적삼아
엿보던 바람은 이른 봄을 인질로
서툴게 춤추다가
무심코 잉태시킨 연두색사랑
거리의 힘든 몸짓
상상은 현실이 되지 않는 길에서
휴일을 마다한 호객행위는
열매 없는 빈 꽃

한 번 더 그냥 흔들려보자
매달릴 수는 없어도
갖고 싶은 사랑이 올지도 몰라
바람에 눈웃음 날린다

초상

석 달 동안
딸네 집에 간 집사람 나를 잊었나
추석 날 먹다 남긴
반달 송편 찾으려 갑니다

산삼 나는 영산을 올라
반달을 불러 바위 타고 놀다가
개울물 건널 때
졸졸 물소리, 집사람 목소리

가슴의 물결로 키워내던
하얀 머리카락, 만족의 얼굴
밤마다 초상이어라

눈물

우는 동생 밥한 끼만 먹여준다면
무슨 일이라도 다하겠다는
낡은 판자 집 애원하는 어린소녀

자장면 두 그릇, 탕수육 하나
정신 나간 두 남매
오토바이 배달부 시간 끌고 사라지다

옆으로 누워 잠든 눈물
서투른 바느질 꾀죄죄한 땟자국
설익은 종아리 가슴 저민다

쌀 한 포대, 라면 한 상자 몰래 놓고
없는 지갑 몽땅 털어
지전 몇 푼 머리맡에 놓다

푸른 하늘은 항상 높아만 있어
내 마음 날마다 땅 끝이라
세상을 이렇게 저렇게 살아가는데
무더운 여름 어느 날
시청 앞 높다란 호텔 1층 로비

"선생님 절 기억하시겠어요?"
세월을 환하게 살아온 새내기 여인
가슴 밀치고 들어온 눈물
내 손 잡는다

"자장면 두 그릇, 탕수육 하나주세요"

호텔 중식당 참 시원하다

바닷가에서

썰물을 따라가면 바다 끝에
하늘 맞닿은
아담한 동네가 하나 있어
작은 꿈을 심는다

예쁜 사다리 하나 걸치면
하늘로 올라가서 밤마다 듬뿍
작은 별 바구니에 담는다

놀다보니 혼자야
꿈 하나 외진 눈물 되고
작은 별은 슬픔인줄 몰랐어라

밀물을 타고 돌아갈까
꿈꾸던 나는 외로운 갈매기
해풍을 기다린다

홍시

진작 당신의 햇살을
좀 더 일찍 빌려왔더라면
내 인생이 얼마나 멋졌을까요

차갑게 얼어붙은
감나무꼭대기에 홍시하나
비추는 저녁햇살
온통 마른속살을 드러냅니다

인생을 무도회로 착각하고
가면과 맹목을 뒤집어 쓴 채
도도히 익기만 했던 세월

당신의 정을 빌려
말라버린 속살을 고이 챙겨서
새싹 돋는 날
가만히 다시 오겠습니다

섬

아무도 살지 않는 바다로 밀려나와
텃세가 심한 파도에게
밤새도록 밀치고 당기었더니
온몸이 벌겋게 긁혔다
뭍으로 돌아가고 싶은데
바다와 하늘은 똑같은 색깔로 만든
올가미로 손발을 옭아매어
꼼짝도 할 수가 없다
옆구리를 우걱우걱 갉아먹는
야수 같은 파도를 힘겹게 밀치고
밤마다 피를 토하는 외로운 울부짖음
맥없이 퍼진다
보였다 사라지는 실낱같은 뱃길
하얀 이빨의 파도는 한사코 막는데
혼자서는 돌아갈 수 없는 몸
웬 종일 기다리고 있다
누가 올 때까지

파계

저녁 예불소리에 나뭇잎 고개 숙여 엎드리고
산새 날개모아 합장한다

감치는 얼굴하나 애써 못 지우고
부처님께 엎드린 비구니
가슴 깊숙이 두드리는 목탁소리에
소매 깃에 떨구는 눈물방울
세상만물 모두가 부처님깨달음으로 인도되는데
질긴 연하나 못 끊어 삼천대천세계를 외면하며
기어이 잿빛승복을 벗는 젊은 여인
하얀 고무신 벗어놓고
밤이 펴놓은 달 길을 밟으며
고개티너머 어둠속으로 자박자박 사라지면
목련가지는 걸린 달을 조각내고

산골은 웅성거리다가 깊은 괴괴함에 접어들고
열린 법당 문 조용히 닫힌다

어버이날에

작은 바람소리에도 깜짝 놀라
계곡을 달아나다가
고개 마루에 올라서면
왜 달려왔는지를 모르는 노루
관념이 닫히면
의식은 연기처럼 사라지고
원죄를 잊은 나는
늘 능선에 서있는 노루가 되지
부모와의 핏줄은
잊을 수 있는 이상한 숙명
평생을 잊고 살아온 상습범을
이제 어느 가슴이 놔줄까
오늘도 이승의 문 뒤에 숨어서
술 한 잔 따르지 못한 채
또 다른 죄를 만들고 있는데
차라리 인간이고 싶지 않다
불효를 그냥내리면
막혔던 가슴은 회전문이 되어
새살 돋는 소리가
오늘에서야 들리는가

어머니 기일

처음 흘리는
신선한 눈물이 필요하시다면
새벽마다 울겠습니다
남들은 옷이 젖도록 운다는 데
내 눈물은 어디 갔는지
지금까지 울지 못했습니다
당신의 아픈 가슴을 외면하고
무심으로만 고개를 돌렸던
영원한 죄인

당신 몸을 빌어서 나온 자식은
당신이 떠나신 후
아무리 용서를 빌어도 빌 곳이 없는
외로운 섬이 되어서야
비로소 눈물을 보았습니다
어떤 요건을 내밀어도
절념할 수 없는 기다란 끄나풀
이 밤 정말 보고 싶습니다

양복 한 벌

친구들에게 자랑하고
뽐내고 싶을 때는
자식들에게 양복 한 벌 얻어 입는 것

살아온 생활이
그리 쪼들리지도 않은데
그 흔한 양복 한 벌 왜 못해드렸을까

겉으로는 태연한척 하시나
마음속으로 무척 바랐을 것을 생각하니
가슴이 미어진다

당신이 가신 후
오히려 나입으라 주신 감색 양복 한 벌
오늘 아침에 입었습니다

슬픈 손가락

기억이 없다
한번만이라도 내손을 다정히 잡지 않았던
부정父情이 무엇인지를

머리로 이해할 수 없는 것은
가슴은 안타깝고
마음은 언제나 사랑이 텅 빈 그릇이었다

우수가 아직 멀었나
아카시아의 마른 잎이 바람에 떨어질 때
맥없이 떨구시던 손

찬 손가락 움켜쥐자
조용히 펼치며 건네주시는 내 이름 석 자
평생을 말없이 쥐고 사셨다

메타세쿼이아

올바르게 곧은 자세와
정직한 만큼 내려준 뿌리로 서있다

향내를 감춘 조용한 가지는
가끔씩 봉은사 범종소리 잡아당기면
하늘까지 딸려 들어와
무악산 자락 길에 깔아 야 할
파란바닥 천 몇 마 넉넉히 끊어놓으면
곤줄박이가 날개치수를 잰다

아버지가 곧게 커라고 신신당부했고
엄마가 그렇게 살았던 것처럼
좋은 옷 모두 벗어주고
남은 빛바랜 갈색 옷 한 벌마저 벗어
추위에 떠는 청솔모
야윈 어깨 위로 칭칭 감싸주면서

아버지처럼 산다
엄마처럼 그렇게 살아간다

백로

삼년탈상 하루 전에
하얀 상복 벗기 너무 서러워

생전에 잘 오시던 물가로 찾아오니
저린 몸은 망부석이 되어

하늘만 바라보며 애타게 그리다가
아린 눈물만 떨굽니다

자립심을 길러 라고
꾸짖으며 가르쳐주시던 외발서기

이제야 보여드리며
물위에 그려진 당신의 얼굴

출렁이는 물결에 흐트러지지 않도록
한사코 부리로 막아봅니다

제삿날

가슴에 남긴 얘기는 그만두고
하얀 두루마기입고 오시는 동구 밖에서
마음껏 춤이라도 추렵니다

가슴에 송곳 몇 번 좀 찔렀다고
어찌 이토록 삐쳐서 소식을 끊으셨나요
꿈마다 열어봐도 빈방입니다

10주기를 맞이하는 오늘밤
오르는 향불사이로 단한 번만이라도
눈길 마주할 수 없나요

맹물에 밥한 숟가락 말아놓고
예전에 당신이 엎드려 그렇게 했듯이
온몸을 떨며 흐느낍니다

아버지의 유산

우리 남매는 시골에서 살았다
큰언니, 큰오빠, 둘째언니, 셋째언니,
작은오빠, 나 여섯 명이다
엄마는 어릴 때 돌아가시고
남자만 사람인줄 아시는 아버지에게
딸들은 그림자 없는 존재였다
시집갈 때 빈 몸으로 가다시피 했는데
아버지가 임종하실 때
엎드려 통곡하는 내 귀에다 대고는
들릴 듯 말듯 힘겹게
마당 채 변소 간 귀퉁이에 보면
신문지에 싸놓은 것을 몰래 가져가란다
언제부터 모으셨는지
꼬깃꼬깃 만 원짜리 삼백만원이다
나는 몰라 아버지 마음을
누가 가르쳐준다 해도 지금도 몰라
사십 년 전 아버지의 혼으로 샀던 집
가끔은 이사를 하고 싶어도
혼자 남아서 외로워 하실까봐
떠날 수가 없어
작년 추석에 만나 뵌 후
석 달에 걸쳐 완전 리모델링을 했다

올가미

많이 요구하지 않겠습니다
단 몇 초라도 좋으니
한 번만이라도 만날 수 없을까요?
당신을 향한
돌이킬 수 없는 잘못은 송곳이 되어
밤마다 가슴을 깊숙이 찌릅니다
십 년 동안이나 매달려도
멍든 가슴 닫고 말없이 떠나신 당신은
결국 나를 용서치 않으시렵니까?
내가 죽기 전에
다만 얼굴을 보면서 미안하다는 말을
꼭 드리고 싶을 따름입니다
정히 그러시다면
남들처럼 꿈에라도 만나게 해주세요
희미한 그림자라도 괜찮습니다
불효는 아무에게나 주지 않는
몸서리치도록 귀중한 것
매일 매일 목에 걸어 둡니다

진혼곡

상복 입은 채 밤 새운 새벽 산등성이
옆으로 길게 엎드리고
향기 없는 안개꽃 피워 올려
힘들게 살아온 영혼 하나 데려가려고
팔공산 파계골이
조용히 저승 문 열어 맞이한다
칠순을 떨치려고 안간힘을 썼지만
정해진 생명은 끝나고
한 많은 이야기가 묻은 옷을 벗으며
칠성판 젊어지고
되돌릴 수없는 발걸음으로
영전을 뒤로하고 슬프게 사라진다
가슴 후비는 진혼곡소리는
영원한 이별의 옷가지를 태우고서
극락전으로 오르는
소리 없이 닫히는 저승 문에
대나무지팡이에 몸을 떨며
오열하는 가슴 한 조각 찢어 보낸다

6·25 실종군인

나 지금 여기에 누워있는데
어디인줄 나도 몰라
누가 이쪽으로 가라해서 왔을 뿐이야

태양이 빛나는 밝은 대낮에도
어두운 밤에 별이 반짝일 때도
아무것도 볼 수 없고
예전에 봤던 별들만 상상할 뿐이라네

산새가 날아와 울어주면
날 찾는 엄마목소리 닮아 눈물 흐르고
산 너머 바람 불어오면
주름진 아버지 부드러운 얼굴 웃는다
집으로 가려고 일어서면
마음만 둥둥 구름 따라 떠다니고
몸은 저만치 누워서
아무리 가자해도 일어설 줄 모른다

엄마!
목청 터져라 고함지르면
철없는 메아리만 귓전에 맴돌고
구멍 뚫린 가슴 안고 암만 울어보아도
이제는 눈물도 고이지 않는다

사지를 찢던 포탄소리와
전우가 쓰러지던 총소리도 멎었고
매캐한 화약 냄새 골 너머 사라졌으나
찾아오는 것은 오직 적막뿐이야

나는 다 들리는데
어찌하여 내말은 못 알아들을까
눈감아도 보이는 가족들
언제쯤이면 집으로 돌아갈 수 있을까
혼자서는 갈 수 없는 몸
아무도 오지 않아 기다림에 지쳤지만
그래도 누군가 마중 올까봐
녹슨 군번줄 꼭 쥐고 누워있다.

내 이름은 이종홍
서울시 동작구 동작동 산44-7번지
현충탑 위패봉안관 33판1호 59번

지뢰

국방색 옷으로 갈아입고
숨이 막히는 숲속바닥에 엎드려
야욕을 꿈꾸는 적의 발길을
숨죽여 기다린다

밟으면 터지는 뇌관하나 품고서
구국의 명을 받아
두 눈 부릅뜨고 밤낮으로 지켜온 이 자리
철원 비무장지대

구멍 뚫린 녹슨 철모는
엄마 찾는 목소리 골마다 맴돌고
붉은 피를 먹고 자란 이름 모를 야생화는
밤마다 피눈물을 흘린다

앳된 소대장의 돌격명령도
노병의 한 맺힌 후퇴도 사라졌지만
터져야만 완성하는 임무
아직도 꼼짝 않고 웅크리고 있다

봉수대

온몸을 검붉게 태우던
용맹스런 불꽃도, 몸부림치던 연기도
사라진 길마재 마루에서
텅 빈 가슴에 추억만 간직한 채
묵묵히 하늘만 바라본다

이 땅을 위해
불 피워 올리는 재주밖에 없었지만
아직도 그 온기 식지 않아
시간과 공간을 맴 돌아
미래를 예측하는 과거의 오늘이다

오르는 객 무심히 지나고
별마저 숨어버린 캄캄한 밤이 되면
금지된 북쪽 경계선을 넘나들며
구멍 뚫린 가슴노리는
찬바람만 밤새도록 와글거린다

독도

울릉도에서 동남쪽으로 가다보면
아름답고 작은 섬들이 모여
우리바다를 지키느라
파도에 허리가 시커멓게 멍들었다

물결이 요동칠 때는
잡 피가 흐르는 왜구가 본색을 드러내고
한국령韓國領이란 글자도 못 읽는
무식한 쪽바리 게다짝소리 가소롭다

민족의 맥을 잇는
거룩하고 숭고한 영토의 참된 권리는
방관과 침묵이아니라
스스로 포효하며 지키는 것

한반도의 혼이 섬 사이로 깃들어
동해바다는 출렁이고
비상하는 물새들의 화려한 날개 짓은
코리아의 대향연이다

4부

아무리 눈을 비빈다한들 마음속이 잘 보이겠느냐

높은 산에 오르면
아래를 다 볼 수 있고
마음을 버리고 눈은 뜨면
자신을 발견할 수 있지

영초

심산계곡 영산에
하늘에서 빨간 씨앗 한 톨 떨어져
귀잠에 빠졌다가 눈을 떴다
삼 년 만에
수백 년 동안
붉은 햇살을 먹고 바람으로 자라다가
보름달 흐르는 정기를 받아
육구만달로 태어났다
고고한 자태
천 년을 산다는 학은 하늘을 오르고
스치는 향내에 깨달음 모르는
돌중이 눈을 번쩍 뜬다
마음 비운 채 오르는 산객
눈 감아도 훤히 보인다
저 오묘한 빛
가슴 쥐어짜며 피를 토하는 소리

심봤다~

입춘

그냥 떠났어야 했는데
미련이 남아 밤새 울고 보니
얼음이 꽁꽁 얼었네요

삼동을 보낼 때도
당신이 추울까 봐 장작을 쪼개어
따뜻이 군불을 지폈는데

지금 내가 당신을 위해
흰 눈과 얼음, 바람을 드린 것은
당신을 너무 사모한 탓이지요

이제는 갈게요
따뜻함을 좋아하는 당신
아담한 입춘을 놓고 갑니다

패랭이꽃

바위 아래 숲속에서 내민
발그레한 꽃술

연한 속살의 알싸한 향내
온 산에 퍼지다

노루 눈 감고 바람 멈칫거리는
신비의 향연

산새 지저귐 따라 떨리는
야릇한 연가

소 풀 뜯다가
콧등에 땀방울 맺힌 선 머슴애

지린 가슴
온통 하늘이 파랗다

폭우

속에 것 몽땅 끌어올려
울컥울컥 토해내며
천지를 흔드는 하늘의 분노와
벼락에 맞아
숨이 끊어지는 커다란 짐승의
마지막 처절한 포효
용서를 모르는 번개의
서슬 퍼런 칼끝을 슬쩍 비켜서면
쪼개진 먹구름사이로
언뜻 비치는 햇살 잡으려고
청정계곡에 발 담근 채
산등성이로 급히 오른 쌍무지개
시뻘건 황톳물은
거센 물살이 너무도 좋아
좁은 도랑에서 마음대로 구르고
넓은 우산을 쓰고
큰 호박이 자라는 밭두렁엔
밤낮으로 굼실굼실
돌멩이 굵어지는 소리

가을무우

단풍이 물들어갈 때
푸른 옷을 입고 태어났다는 것은
계절의 축복이다

가을하늘 뒤편에는
내가 생각하는 그 무엇이 존재하는지
날마다 궁금하다

장다리꽃을 피우는
지독한 모정보다 더 큰 야망을 향해
땅위로 발돋움한다

하얀 허리춤을 들어내어
밤새도록 오르려고 애를 썼더니
등이 시퍼렇게 멍 들었다

산사 은행나무

목탁소리 들으며
생각이 파랗게 물든 잎을 떼어
은은한 달무리에 빗었다

산들바람에 펼치어
노랗게 말리고 또 말린 후에
보름달이 오를 무렵
부처님 무릎 위에 쌓아올렸다

둥근달을 찾으려
새벽이슬내린 산자락 길에
털 없는 짐승 한 마리
떨며 지나갈 때

어머님을 빼닮은 보살님
오백년간 보관해온
노란치마 한 벌 입혀 보낸다

산중에서

예나 지금이나 다름없는
짙은 숲인데
낯 설은 산새소리에 객이 된다
간직한 만큼만 보여주는
숲의 비밀을
본만큼보다 더 많이 보려다가
초점을 잃다

길을 훤히 비춰주며
진실을 밝혀주는 숲의 등불에도
멀리만 보려는 욕심에
발밑을 지나치는 눈 먼 짐승
오른 만큼 내려오는 산길에도
부끄럽지 않는
발자국하나 찾을 수 없다

소낙비

무심코 따라나섰더니
날이 흐릴 때 모두 낭떠러지에 모여
사정없이 곤두박질친다

공중에서 떠든다고
꾸중 들어야할 나이는 아니지만
모른 체하고 그냥 떨어지자

어디서 왔느냐고 자꾸 물으면
고향이 어디쯤인지 아무도 모르는데
그냥 하늘에서 왔다고 하자

해 없는 날에 용감한 추락자로서의
산산 조각난 육신은
자유의 몸으로 풀려난 상처

누군가에 잠시 안겼다 눈을 뜨니
푹 젖은 바닥에는
자연이 내린 젖줄이라고 적혀있다

들국화

외진 밭두렁에 숨어
키 큰 잡초가 마를 때야 내민 얼굴
너무 샛노랗다

너를 위하여 한여름 내내 인내하던
고운 바람은
향내를 데리고 하늘을 오른다

가을의 광란인가
늦바람난 벌은 가다말고 주저앉아서
꽃술을 깊숙이 찌른다

노란 입술은 떨리고
감춘 가슴은 마음껏 자유를 그리며
꿈꾸는 겨울을 준비한다

노을이 있는 이유

푸름에 붉은 덧칠을 얹으면
저 색깔이 될까
잠드는 세상에서 밤으로만 걷는
달빛은 모를 테지

가슴을 뛰게 했다가 멈추는
수평선의 까치놀은
대낮에 춤추던 사람들이 남기고 간
마지막 생의 이야기

환영幻影의 길목에서
내 안의 전설을 아무리 엮어내도
그게 노을이 됨을
해 뜰 때는 알 수 없었지

밤을 꼬빡 새운 것은
해가 빠져버린 고독이 아니라
황혼이 데려가는 노을이
"나"란 사실이었기 때문이야

무화과

궁핍한 삶은 아니지만
꽃을 피울 수 없는 너의 존재는
봄날에는 별로였어

향기를 못 갖는 대신
말 못 할 비밀을 다짐받았었는지
넓은 잎사귀 뒤에 숨은 단성화

벌 나비를 외면한 채
밤마다 혼자서 꿈틀대며
남모르게 키워 낸 녹색의 열매

암수 하나로 잉태한 붉은 속살은
찬란한 운명으로 선택된
한여름 밤의 달이다

은행나무

내 마음 속 여자는
누구이며 어디 있을까?
한 해 한해 굵은 주름을 새기며
천천히 늙어 가는데
찾을 수 없다

필요한 것 몇 알만 달면 되는데
푸른 옷을 입고 서서
과시용으로 주렁주렁 달아놓은
멍청한 짓을 했다가
초가을부터 지독한 냄새만 풍겼지

포기보다 어렵다는 희망을 찾아
노란 옷을 입고 나섰더니
수 없이 반기는 사람들
서서 오기만 기다렸다는 것은
착각이란 사실을 알았다

벚꽃

달빛 녹아내리는
창경궁 금천에서
천년을 산다는 청학을 데려와
밤새도록 춤추며

수백 년간 잊혀 진 연분 찾으려
햇살 토하는
새벽녘에 오르는 꽃 몽우리

가장 아름다운 꽃잎은
홍화문 열리는 햇살에 피는가
바람 약간만 불어도
흩날리는 영혼은

얽힌 인드라망을 잃어버린
반인반수에게까지
새로운 인연 맺으라며
활짝 마음을 연다

운지버섯

운지버섯 구름 뒤로
하늘과 땅을 넘나드는 천계의 선녀

천왕봉 높은 봉우리에서 마주친
가는 길 몰라 서성이는 산객

관음사 대웅전
부처님 앞에 엎드려 놓고
생전 처음으로 들려주는 목탁소리

세상을 한쪽 귀로 살아가는 인간에게
잘 들릴 수 있도록

못 본 척 슬며시 건네주는
영혼 반 쪽

뻐꾸기

뻐꾹 뻐꾹~
내 사랑 철쭉이라며 가슴저려오는 하소연에
깊은 의심은 몰라

둥지가 멋지다고
잔을 내밀며 처음에는 점잖은 척 거짓말
두 번째는 빨간 속임수

배는 불러오는데
이번에는 애기들과 놀던 바보처럼 착해빠진
노랑할미 새집이다

세상은 언제나 이용만 하려는 나쁜 사람과
버리려고 하는 더 나쁜 사람들은
지금도 우리 곁에 서서 비웃고 있다

봄날의 추억

새벽녘 반달인가 했더니
삼蔘남매 그림자 데리고 나온 대낮이다
긴긴 삼동 추위 속에서
움츠리며 어떻게 보낼까 했는데
그것은 겨울을 모르는 앞뒤가 꽉 막혀
어른인척 하는 오만한 갈참나무의 이야기
어둠의 나날들이 오히려 조용했을까
숨 가쁠 일 없는 오늘
무슨 말이 하고파 서둘러 나왔나
덜 피운 잎의 웃음 머금은 수줍음 속에는
설익은 봄의 소리가 들린다
우리가 사는 세상은
기슭에서 봄을 맞이하는 바쁜 시간보다는
겨울에 저장된 아직 덜 핀 세상이야
새벽에 올라 덜 익은 해를 앞세우고
조심스럽게 눈뜨며
돌아와야 하는 이유 있는 첫 계절에
초록은 낙엽을 헤치고
4월은 또 그렇게 부스럭거린다

새벽 달

눈 쌓인 개울가에 도란도란
이야기 소리

누굴까 가만히 들여다보니
봄이 오는 소리

갈길 멈추고 밤새 놀다가
발갛게 언 손

외딴집 부엌에서 녹이다가
깜빡 졸았네

목련

꼬옥 쥔 손가락 가만히 펼치면
그리움 한웅 큼
잎보다 꽃망울 먼저 틔우다

사모하는 애달픈 마음
흐느끼다 지치면
앞뒤를 분간하지 않아도 괜찮아

어디 쯤 계실까
산속에 있다가 냉큼 도시로 나와
간 크게 온 몸으로 나섰다

기다림을 아는지 모르는지
비가 오면 가야하는데
한껏 젖힌 가슴 너무 하얗다

가을 밤

침묵하기 어려워
벅찬 가슴을 열고 떨리는 손으로
허공을 휘 젓는다

사랑을 하면서도
함묵해야하는 대낮의 미덕을 존중하는
밝음의 맹종을 거절하고

기어이 오늘밤은
타락을 모르는 무지한 짐승이 되어
깊은 밤을 찢는다

별들이 떨어진 들길에
풀벌레들의 마지막 안간힘을 쓰는
번식의 숨소리

개나리 피는 날

삼동 내내 간직한 마음
누군가 이 옷고름 풀어준다면
푼만큼만 드릴게요

바람의 소린가요
봄노래 한 자락 굳었던 마음
보드랍게 데쳐 놓고

별이 떨어지도록 매만지더니
날이 밝자 기어코
노란 꽃망울 틔웁니다

아직 시샘 추위
잎보다 먼저 피워 낸 얼굴로
수줍게 웃습니다

숲에서

가슴속에 감춰둔 비밀은
아무래도 나이 때문에 들킬 것 같아
더 깊은 곳에 숨기려고
이른 아침에 숲으로 들어왔다
바람도 모르게
큰 나무가 몸짓으로 가리키는 곳에
초록색 나뭇잎을 들치고
사연의 깊이만큼 파고 묻었다

훌훌 털고 돌아서니
비밀은 뿌리를 내리고 긴가지를 뻗어
내 키보다 훨씬 웃자라
비밀이 아닌 사실로 태어났다
안주할 곳을 찾아 나선 사실은
하늘을 오르다말고
뿌연 물안개를 따라 내를 건너는
내 가슴에 파고든다

야생화

육중한 쇠 빗장을 풀어
녹슨 창살에 갇힌 영혼을 데리고
현실세계로 이감하는
모든 죄수에게
정신의 빈곤도 넉넉함을 담는다며
깨끗한 마음으로 채워주는
연분홍색 수갑이다

가슴으로 보듬어야 할 이를 위한
단순한 착상이
아름다운 습관으로 태어날 수 있다면
사는 세상은 꼭
정원에서만 자라는
화려한 꽃이 되지 않아도 된다는
숲의 철학이다

진달래

가을 이야기를 마치며
빛바랜 옷을 벗고 시린 발만 덮은 채
삼동을 보냈습니다

꿈은 날개를 달고
들어갈 수 없는 하늘까지 파고 들었지만
당신 가슴 찾을 수 없어
맴 돌기만 했습니다

가파른 언덕을 움켜진 손가락은
마디마디 저려오는데
끝나지 않은 우리의 사랑을 생각하면
하나도 아플 수가 없습니다

비가 그치면 행여나
밤새 연분홍색으로 온 몸을 물들이고
환한 웃음으로 나섰습니다

산에서

아침 일찍 산에 오른 것은
가슴에 맺힌 꿈을 꾸며
끊어진 기억을 되살리려는 것도 아니며
천계의 음률로 소리 없이 노래하는
이슬방울을 훔치려는 것은 더욱 아니지요

삶의 가치는 매일 듣는 장황한 말보다는
스스로 보고 듣고 실천해도
산골주점에서 고요히 눈을 감고
“슬픔이여 안녕”이란
제르베즈의 노래를 몰래 엿듣고 있으면
삶의 터전이 바뀔 수 있다고
누가 말했기 때문입니다

그래서 날마다 헌 하루만 펼치고
뒷모습만 따라가는 허접한 생활 속에서
낭만을 익혀내는 기슭에 올라
산이 말하는 것은 무엇인지
들어보려고 일부러 찾아왔습니다

철새는 날아가고

이삿짐을 꾸리고
동구 밖에서 이별을 못내 아쉬워하며
잡은 손을 놓지 못한다

친구들은 어제 따온 밤콩과
밭에 뿌릴 보리알도 냉큼 퍼주면서
배고플 때 먹으란다

정든 만큼 이별의 슬픔은 배가되고
힘찬 포옹과 흐르는 눈물은
내년을 기약한다

행여나 추운 먼 북쪽에서 날아오는
시장기 있는 친구를 위해
부엌에는 따스한 음식을 남겨두고
방에는 군불을 지펴놓았다

왜가리

바짓가랑이가 젖을까봐
조심스럽게 한쪽 다리를 들고
물가에 서있다

멋진 자태라며 박수치던 바람
여울을 휘감아 오르고
냇물은 예술이라며
엄지 척!

저려오는 다리를
어떻게 서면 더 멋지게 보일까
이마에는 땀방울이 맺힌다

빈말도 참말로 노래하는 세상
저린 고통을 참고 서있다
노을이 질 때까지

설거지

내가 착한 사람인지 궁금하다면
설거지를 시켜 봐요.
씻은 그릇에 물기가 남아있으면 나쁘고
닦여져 있어도 나쁜 사람입니다
내가 좋은 사람인지 궁금하다면
설거지를 시켜 봐요.
씻는 소리가 요란하면 나쁜 사람이고
조용해도 나쁜 사람입니다
당초부터 설거지를 하겠다는
생각조차 없는 사람에게
설거지를 하라고 억지로 시킨다는 것은
잘못된 생각입니다
설거지는 누가 합니까
마음씨가 착하고 고운사람 만이
설거지를 할 수 있습니다.
나는 언제쯤 설거지 할 수 있을까요?

인연

우리는 억만 겁의 윤회를 돌아
서로가 모르는 옷을 입고
나는 인간, 너는 뱀으로 만났지만
그때 우리사이는 몰랐었지

따지고 보면 전생에 나는 뱀
너는 사람이었겠지만
윤회는 머물지 않는 구름처럼
소리 없는 빈 허공에 환생을 모은다

그래서…
시간이 멈춘 공간에서
나는 네가 뱀으로 보이지 않고
너는 내가 사람으로 보이지 않겠지만

서로가 볼 수 없는 숲에서
낯익은 눈으로 잠시 스쳐갈 때
사랑 한번 못한 것도
인연을 가로막는 유죄가 될까

늦가을

천국이다
내가 거닐고 있는 사계절 중에
모두의 늦가을이

가출한 상념은 돌아와
절기의 하강에 떠는 몸을 감싸 안고
붉은 옷으로 갈아입힌다

공평이라 하여 태어났더니
진위를 모른 채 속아
불평등의 잔인성으로 보낸 사철들

긴 잠으로 가는
하행선 마지막 종점에 내려서
남은 옷 한 겹마저 벗는다

구름 한 점

다래 꽃피면 솜이불 만들어
산허리에 휘감긴 안개 깔고 덮으면
까까머리 흰옷 입은 신선이다

달콤한 열매 몰래 따다가
감나무 뒤에 숨어서 오독 갉아먹으면
갈색의 꼬마도둑 다람쥐다

큰 바위주막에서 만난 봄바람
굵은 알밤 열리는 밤나무에 걸터앉아
콧노래 부르고

백 도라지꽃 안 피어도
내 좋은 산골마을 절터 언덕에서
나를 기다리는 흰 구름 한 점

빈 약속

가슴에 선하나 그어놓고
들어가지 말자하더니
나 모르게 혼자 슬쩍 들어갔다

말로만 그은 선이기에
마음만 먹으면
언제든지 들어갈 수 있다

흐트러진 선
가슴을 파헤쳐 뜯어낸 심장은
숨을 멎는다

물은 뒤섞여도
모두 한 곳으로 흘러가지만
손가락 걸지는 않는다

낯선 길

'출입금지구역'
한 번도 가 본적이 없는 샛길로
몰래 들어갔다
되돌아 갈 수없는 외길에서
찬란한 흥분으로
갖지 못했던 희망을 품어본다

늑대의 야생을 감추고
금지구역 밖에서
잘못을 인정치 않던 오랜 세월

가장 화려한 사랑은
달빛내리는 외길에 덫을 놓는 것
풋말에 고마움을 표하며
모든 사람들이 덫에 걸리도록
덤으로 남은 시간을
여기에 묻는다

섣달그믐

당신과 한해를 계약했던
원금과 금리는 날짜를 넘기지 않고
모두 계산되었습니다

아쉬운 마음 없진 않지만

계약완료의 흠결은 아무것도 없으니
원래대로 돌아갑니다

내가 받지 못했던 것을
다른 사람에게 더 주려는 약관은
상관치 않겠습니다

이제 서로가 떠날 시간이 왔네요

혹여 받을 이자가 남았다면
사양하겠습니다

그믐달

사랑을 찾아 나선
둥근 달

불 밝혀 살폈으나
보이지 않네

외로움은
생살을 베는 아픔

눈썹만 남긴 채
솔가지에 걸렸다

이별

당신의 영롱한 눈물 한 방울로
가슴 속 깊이 스며든 쓰라린 상처를
치유할 수 있는 선택권을 주세요
길을 가다가
연못에 갇힌 물은 흐를 수가 없어
고개를 들고 처다 보며
처음 시작한 곳으로 돌아가고 싶데요
나 좀 사랑해주세요
왜 자꾸 울지 말고 돌아가라고만 해요
말은 않지만 이별인 줄 뻔히 아는데
어떻게 가만히 있어야 하나요
당신을 위해서 멋진 일을 할께요
내 눈물이 흐르지 않도록
당신은 나의 정말 소중한 사람이라고
거짓말이라도 좋습니다
나를 보는 마음이 이미 달라진
당신의 조용해진 눈동자
둘이 처음 만났던 겨울바다로 데려가
잡았던 손을 놓아주세요

그림자

여기가 당신 고향이었지요
햇살 나직히 내리는 고운 봄날
소백산 오르는 길목에 함께 걸었던
금계 저수지를 지나갑니다
반세기를 돌아 왔지만
당신 그림자가 어른거리는 물가에는
잊을 수 없는 향내가
가슴팍으로 우루루 쏟아집니다
낭만이 드리운
첫사랑의 청춘이 녹아있는 이 곳은
푸른 물고기가 사는
초록 연못 이야기가 되었네요
손을 놓고 떠났던 새벽 길
이 길을 내려가면 언제 다시 돌아와
당신 생각을 할까요
잔잔한 물결이 발목을 잡습니다

고향 꿈

술래잡기하다가 산바람이 하자는 대로
도시에 와서 숨었다

환한 대낮인데도
눈에 촛불을 켜고 찾는 술래의 간절함

가을비내리는 변두리 모퉁이에 숨어서
아직도 웅크리고 있다

바람은 연신가자며 좁은 골목에 찾아와
새벽부터 기다리는데

이제는 갈 수 없는 몸
난 도시의 술래다 아무도 찾을 수 없는

이상한 산골

밤비 내린 새벽녘
젖은 초록별 떨어진 자리
아침안개 웅성웅성

햇살 비치는 동녘
선녀들이 밤새 놀고 간 계곡
남긴 이야기

태어날 때부터 쥐고 온 열쇠
어디둔지 몰라
갈 길 잃어버린 산객

산사 목탁소리 숲에 내려앉고
합장하던 다람쥐
잿빛승복 벗어 건넨다

귀의. 끈.

일반적인 사물에서 추출하는 사유의 정점이나 정서의 중심에는 그가 지향하려는 지적인 의식의 흐름을 나름대로 투사하려는 심저를 이해하게 되는데 "홀연히 되살아나는/ 잊고 있던 나, 그리고 당겨도 느슨한 끈/ 내가 쥐고 있는 긴 끈/ 끝자락을/ 누가 잡고 있을까"라는 등의 어조로 나와 상관성을 적시하는 화자의 집중된 자아의식이 확연하다는 점을 높이 산다.

김송배

폭설

폭설은 사물을 응시하고 예리하게 관찰하는 시선과 사유 그리고 시적 처리는 달라 때로는 매혹이다. 그 자신이 감정을 절제하며 영혼의 표징인 순백의 눈이 추락하여 쌓이는 아득한 현상의 감정이입이라 할 수 있다. 살점 하나에 영혼 하나 새겨/ 순백의 흰 불 밝혀/ 전생이 하늘이라 더 오를 수 없어/ 아래로만 추락한다.

엄창섭

영안실에서

소멸과 영과 육의 불리인 주검이 자리한 영안실의 전경을 다소 극화시켜 왜들 자꾸 울고 그러니?/ 어제 저녁쯤 와서/ 손뼉이나 한 번 세게 마주쳤더라면/ 감은 눈이 휘둥그레졌을 텐데/ 괜히들 이러지마/는 어둠과 절망을 한 순간에 거부감 없이 밝음과 풍자적 처리로 심적 전환의 묘미를 살려낸 그만의 시적 수사의 특이성은 자못 놀라울 뿐이다.

엄창섭

가을산

식물성 언어로 직조된 전율 같은 가슴 떨림이며 그만이 겪는 황홀함에 비견된다. "비싼 옷 한 벌 공짜로 준다는/ 흰 구름에 속아/수종사 대웅전까지 갔는데/ 사미승이 입던 헌 옷만 주더라." 시적 기법carft은 비교적 선미가 묻어나는 생명외경에서 비롯된 생태시학이라는 기본 패턴 맥락에서 반복되어지는 남다른 관심사에 맞물려 있다. 아울러 그의 시편에서 확장된 시적 상상력은 놀랍게도 신선한 감동을 충만한 생명감으로 안겨주고 있다.

엄창섭

이상한 산골

이용우 시집

발 행 처 · 도서출판 청어
발 행 인 · 이영철
영 업 · 이동호
홍 보 · 이용희
기 획 · 천성래
편 집 · 방세화
디 자 인 · 이해니 | 이수빈
제작이사 · 공병한
인 쇄 · 두리터

등 록 · 1999년 5월 3일
(제1999-000063호)

1판 1쇄 인쇄 · 2019년 6월 1일
1판 1쇄 발행 · 2019년 6월 10일

주소 · 서울특별시 서초구 남부순환로 364길 8-15 동일빌딩 2층
대표전화 · 02-586-0477
팩시밀리 · 0303-0942-0478

홈페이지 · www.chungeobook.com
E-mail · ppi20@hanmail.net
ISBN · 979-11-5860-658-9(03810)

이 도서의 국립중앙도서관 출판시도서목록(CIP)은 서지정보유통지원시스템 홈페이지(http://seoji.nl.go.kr)와 국가자료공동목록시스템(http://www.nl.go.kr/kolisnet)에서 이용하실 수 있습니다.(CIP제어번호: CIP2019020531)